Spuit Elf

komt op tijd

Harmen van Straater

KLUITMAN

LEES N!VEAU

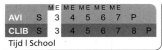

		ME	ME	ME	ME	ME		
AVI	S	3	4	5	6	7	P	
CLIB	S	3	4	5	6	7	8	P

Tijd | School

Toegekend door Cito i.s.m. KPC Groep

Nur 287/P091201
© MMXII Uitgeverij Kluitman Alkmaar B.V.
© Tekst en tekeningen: Harmen van Straaten
Omslagontwerp: Design Team Kluitman
Opmaak binnenwerk: Marieke Brakkee

kluitmankinderboeken.nl
spuit-elf.nl

BIJ KONINKLIJKE BESCHIKKING
HOFLEVERANCIER

De wekker gaat.
Het is zeven uur.
Tijd om op te staan.
Zzzzzt... klinkt het. **Zzzzzzz...**
Dat is Spuit Elf.
Hij is diep in slaap.
Moet hij dan niet wakker worden?
Straks komt hij **te laat op school.**

Spuit Elf schrikt wakker.
Hij wrijft in zijn ogen.

DING
DING DONG!

Er staan olifanten om zijn bed heen.

De olifanten uit de kazerne.
Een van hen heeft een grote bel.
Die zwaait hij heen en weer.

Spuit Elf gaat zitten.
'Wat is er aan de hand?
Is er brand?' vraagt hij.
De olifanten laten
de wekker zien.
'Het is al acht
uur,' zegt er
een.

Spuit Elf moet een beetje gapen.
'Ik heb me denk ik verslapen.'
De olifanten kijken een **beetje boos.**
'Je bent altijd te laat,' zeggen ze.
'Wanneer zul je nou eens op tijd zijn?'

Vlug! Snel!

Spuit Elf trekt zijn kleren aan.
Hij eet een boterham.
En drinkt een glas melk.
Langs de paal glijdt hij omlaag.

Hij pakt zijn fiets.
Dan fietst hij weg,
zo vlug als hij kan.

Er staat niemand bij de boom.
Bella, Neil en Rico zijn al weg.
O, als hij nou maar op tijd komt!
Hij trapt harder en harder.
Er ligt glas op de straat.
PANG! doet zijn band.
Nou moet hij lopen.
In de verte klinkt een klok.
De klok slaat negen keer.
Arme Spuit Elf!
Hij is weer niet op tijd.

Juf is maar een beetje boos.
'Spuit Elf, Spuit Elf!' zegt ze.
'Wat is dat toch met jou?
Altijd maar te laat.
Maar vanavond kan dat niet!'
'Vanavond ben ik op tijd,'
zegt Spuit Elf.
Deze avond is de **musical.**
In de musical
moet hij een brand blussen.
Daar is hij net op tijd bij.
De grote olifanten
plagen hem al dagen.
'Spuit Elf die op tijd komt?
Nou, dat moeten we zien!'
Nee, voor de muscial moet hij op tijd zijn.
Echt wel!!!

De klas is aan het lezen.
Spuit Elf is verdiept in zijn boek.
Het is heel **SPANNEND.**

Hij hoort niet eens de bel.
De bel gaat als het tien uur is.
Dan begint de pauze.
Rico stoot hem aan.
'Ga je mee buiten spelen?
Anders is de pauze voorbij.'

De pauze is om.
De juf vraagt:
'Weet iemand een mop?'
Bella steekt haar poot op.

'Het hangt aan de muur...
Het tikt...
... en het is nooit op tijd.

Ra ra, wat is dat?'
Spuit Elf haalt zijn schouders op.
'Wat is het dan?' vraagt hij.
'Ha ha,' lacht Bella.
'Het is een Spuit Elf klok.
Die loopt altijd achter!'

Bella wijst naar de klok.
Die staat nu op elf uur.
Spuit Elf wil wat zeggen.
Dat hij bijna nooit **te laat** is.
Maar zijn vrienden lachen hem uit.
Wachten jullie maar, denkt hij.
Vanavond ben ik heus **op tijd.**

13

Spuit Elf zit op de wc.
De bel rinkelt.
Het is twaalf uur.

Spuit Elf wil de deur van de wc opendoen.
Maar dat lukt niet.
HIJ
   ZIT
      VAST
         OP DE WC.

Moet hij nou om hulp roepen?
Dat is toch niet stoer?

Spuit Elf wil bij de brandweer.
Dan moet je juist wel stoer zijn.

14

Spuit Elf duwt tegen de deur.
Maar die wil **niet open.**
Hij gaat op de pot van de wc staan.
Dan trekt hij zich omhoog.
Hij klautert over de deur.
Gered! denkt hij.
In de school is niemand meer.
Op het plein ook niet.
Alleen de juf.

te laat

'Ben je er nog, Spuit Elf?
Jij bent me er eentje.
Je komt altijd te laat.
En je gaat ook te laat weg.'
Spuit Elf knikt.
Dan gaat hij vlug naar huis.

15

Spuit Elf is thuis.

Hij eet een boterham.

En hij kijkt naar de klok.

Om één uur begint de school weer.

Nog maar zes uur.

Dan is het zo ver.

Dan begint de musical.

Hij moet op tijd zijn.

En dat gaat lukken.

Zeker weten.

Maar nu heeft hij nog tijd.

Voor zijn stripboek.

Hij kan wel even lezen.

Lekker op de bank.

Het boek is **SPANNEND.**

Spuit Elf let niet meer op de tijd.

'Spuit Elf!'

roepen de grote olifanten.

'Het is de hoogste tijd.

Kijk maar op de klok.'

Spuit Elf schrikt op.

'Kom niet te laat,' zeggen ze.

Spuit Elf knikt.

Dat mag echt niet gebeuren.

Als hij snel fietst, is hij nog op tijd.

Spuit Elf is bijna op school.
Maar nog niet helemaal.

In de verte hoort hij iets.
'Help!' roept iemand.
Waar komt dat nou vandaan?
Iemand heeft hulp nodig.
'Help!' hoort hij weer.
Het komt uit een boom.
Daar zit Ola, het olifantje.
'Wat is er?' vraagt Spuit Elf.
'Ik durf er niet uit,' zegt Ola.
'Ik wilde de poes redden.
Maar nu zitten we allebei in
de boom.

Kun je ons helpen?'

18

'Tuurlijk,' zegt Spuit Elf.

'Is er een ladder?'

'In de schuur,' zegt Ola.

Spuit Elf rent er naartoe.

Daar ziet hij de ladder.

Hij zet hem tegen de boom.

Spuit Elf klimt op de ladder.

Een voor een redt hij ze.

Eerst de poes en dan Ola.

'Lang leve Spuit Elf!' roept Ola blij.

'Gelukkig dat je net op tijd langs kwam.'

Dat moet ook, als je bij de brandweer bent…

wil Spuit Elf zeggen.

Maar dan hoort hij de klok slaan.

Een, twee…

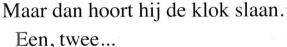

O NEE, NIET WEER!

Hij is weer niet op tijd.

Het is al twee uur.

19

Juf is een beetje boos.
'Hoe moet dat nou vanavond?
Stel je voor dat je niet op tijd bent!
Hoe moet het dan met de musical?
Zal ik maar een ander vragen?'
'Juf! Ik kan het heel goed!'
roept een ander olifantje.

'Echt waar, juf.
Mag ik het doen?'

Juf kijkt Spuit Elf aan.
'Als jij vanavond niet op tijd bent,
dan mag hij!'

Spuit Elf staat boos op.
'Ik kom heus wel op tijd!'
Achter hem zegt iemand iets.

'Wat is het verschil tussen
Spuit Elf en een slak?'
'Nou?' vraagt een ander.
'Een slak is nooit te laat thuis.
Want die heeft zijn huis
al bij zich!'

Ze moeten lachen.
Spuit Elf heeft een brok in zijn keel.
Boos gaat hij aan zijn werk.
Opeens krijgt een duw in zijn zij.
Het is Rico.
'Kom op, slome.
Heb je de bel niet gehoord?
Het is al drie uur.
Of wil je hier blijven?'

Spuit Elf is weer thuis.

Hij zet zijn fiets binnen.

'Hallo!' roept hij.

Er is niemand.

De grote rode auto

is ook weg.

Zou er brand zijn?

Boven is ook niemand.

Op tafel ligt een brief.

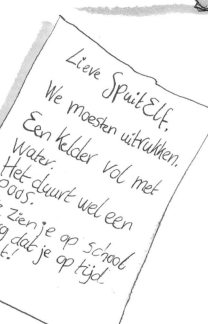

Lieve Spuit Elf,
We moesten uitrukken.
Een kelder vol met
water.
Het duurt wel een
poos.
We zien je op school
zorg dat je op tijd
bent!
x

Spuit Elf zet muziek op.

Pfff, hij kan best op tijd komen.

Dat zullen ze zien.

Hij kijkt naar de klok in de kamer.

Het is al vier uur.

Spuit Elf heeft honger.
Dat heeft hij altijd om vier uur.
Hij maakt wat brood klaar.
Dat eet hij snel op.
Nog drie uurtjes
en dan is het zover.
Hij zegt zijn tekst hardop.
Niet te snel.
Dat is niet mooi.
En dan is het stuk
te vlug voorbij.

Bim bam **Bim bam** **Bim bam**

Bim bam

Bim bam

Spuit Elf schrikt wakker.
Hij wrijft in zijn ogen.
Door de klok werd hij wakker.

Hij was in slaap gevallen.
Het is al vijf uur!

Gelukkig dat hij wakker is geworden.
Stel je voor dat hij door zou slapen…
Dan had hij de musical gemist.
Maar dat is niet zo.
Hij heeft nu nog twee uur.

Weet je wat?
Hij gaat nu al op weg!
Dan is hij zeker op tijd.
Beter te vroeg dan te laat.
Blij zit Spuit Elf op zijn fiets.
Deze keer is hij op tijd.

Er is geen brug open.

De weg is vrij.

Het stoplicht staat niet op rood.

Zijn fiets is niet stuk.

Alles gaat goed.
In de verte is de school.
Hij is gewoon op tijd!
Spuit Elf gooit zijn helm omhoog.
Zo blij is hij.

Maar er is iets geks bij de school.

ER KOMT
ZWARTE ROOK
UIT HET RAAM.

Spuit Elf fietst er snel
naartoe.
Hij roept:

'Opzij, opzij.
Laat Spuit Elf erbij.
Ik zie daar een brand.
Aan de kant, aan de kant.'

Spuit Elf rent naar de brand toe.
'Bel de brandweer!' roept hij luid.
'Iedereen de school uit!'
Vlug rent hij naar de sloot.
Hij schept zijn emmer vol water.
Die gooit hij op het vuur.

26

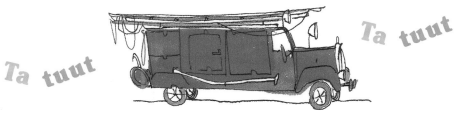

Ta tuut   Ta tuut

klinkt er in de verte.

De brandweer komt eraan.

Daar zijn de olifanten!

Zij blussen het vuur verder.

En om zes is het vuur gedoofd.

'Brand meester,' roepen de olifanten.

'Wat een geluk,' zeggen ze blij.

'Spuit Elf was er op tijd bij!

Nu is er maar één lokaal zwart.

Anders had de hele school in brand gestaan!'

Het is zeven uur.
En het doek gaat open voor Spuit Elf.
Iedereen klapt luid.
'Hoera voor Spuit Elf,' roepen ze.

'Hij was super goed op tijd!'
'Tuurlijk,' zegt Spuit Elf.
'Als het nodig is, ben ik op tijd.
Echt wel!'